兒童博雅系列　134

小貓頭鷹的洗澡時間

給害怕洗澡、不喜歡洗澡的小小孩

作者 ― 黛比・格里奧里（Debi Gliori）

繪者 ― 艾莉森・布朗（Alison Brown）

譯　　者 ― 張耘榕

發 行 人 ― 楊榮川

總 經 理 ― 楊士清

總 編 輯 ― 楊秀麗

副總編輯 ― 黃惠娟

責任編輯 ― 江莉瑩

出版者 ― 五南圖書出版股份有限公司

地址：106台北市大安區和平東路二段339號4樓

電話：(02)2705-5066　　傳眞：(02)2706-6100

網址：https://www.wunan.com.tw

電子郵件：wunan@wunan.com.tw

劃撥帳號：01068953

戶名：五南圖書出版股份有限公司

法律顧問：林勝安律師事務所　林勝安律師

出版日期：2021年 7 月初版一刷

定價：新臺幣280元

國家圖書館出版品預行編目資料

小貓頭鷹的洗澡時間 / Debi Gliori作；
Alison Brown繪；張耘榕譯. -- 初版. --
臺北市：五南，2021.07
　面；　公分
　ISBN 978-986-522-940-5（精裝）

873.599　　　　　　　　　　110010873

小貓頭鷹的洗澡時間

黛比·格里奧里 (Debi Gliori) 著

艾莉森·布朗 (Alison Brown) 繪

當ㄉㄤ小ㄒㄧㄠ貓ㄇㄠ頭ㄊㄡ鷹ㄧㄥ聽ㄊㄧㄥ到ㄉㄠ沙ㄕㄚ沙ㄕㄚ聲ㄕㄥ時ㄕ，他ㄊㄚ正ㄓㄥ在ㄗㄞ跟ㄍㄣ
赫ㄏㄜ奇ㄑㄧ斯ㄙ玩ㄨㄢ城ㄔㄥ堡ㄅㄠ之ㄓ王ㄨㄤ的ㄉㄜ遊ㄧㄡ戲ㄒㄧ。
小ㄒㄧㄠ貓ㄇㄠ頭ㄊㄡ鷹ㄧㄥ壓ㄧㄚ低ㄉㄧ聲ㄕㄥ音ㄧㄣ說ㄕㄨㄛ：「你ㄋㄧ有ㄧㄡ聽ㄊㄧㄥ到ㄉㄠ嗎ㄇㄚ？」

沙ㄕㄚ沙ㄕㄚ聲ㄕㄥ停ㄊㄧㄥ了ㄌㄜ。

小ㄒㄧㄠ貓ㄇㄠ頭ㄊㄡ鷹ㄧㄥ立ㄌㄧ刻ㄎㄜ
深ㄕㄣ呼ㄏㄨ吸ㄒㄧ，並ㄅㄧㄥ且ㄑㄧㄝ說ㄕㄨㄛ：
「站ㄓㄢ住ㄓㄨ！
誰ㄕㄟ在ㄗㄞ那ㄋㄚ裡ㄌㄧ？」

這時，貓頭鷹媽媽
從灌木叢後面走出來說：
「好兇、**好勇敢**哦……
也好髒哦！洗澡時間到囉！我的
小貓頭鷹。」

「不要！」小貓頭鷹說。

「我就知道你會這麼說。」貓頭鷹媽媽說。

「**不要**！」小貓頭鷹還是說。
「我現在很忙。赫斯奇國王需要我保護他的城堡。」

貓頭鷹媽媽眨眨眼睛。
「對哦！」貓頭鷹媽媽說。「我真糊塗啊！也許當你洗澡時，帕佛就可以保護城堡呀？」

小貓頭鷹瞪大眼睛，「**帕佛**？」

「對啊！」貓頭鷹媽媽說。
「像帕佛這樣的龍來守衛城堡
守得非常好。
帕佛有尖牙、爪子，還有噴火槍。
任何人都不敢靠近有帕佛護衛的
赫奇斯國王。」

於山是产，小菜貓頭繁鷹湲跟《著養
貓頭繁鷹湲媽媽走姐進菜浴山室产。

「你有看過這麼多**泡泡**嗎？」
貓頭鷹媽媽邊說邊
放著洗澡水。

小貓頭鷹眨眨眼睛。
「我要如何找到我的洗
澡玩具？」小貓頭鷹問：
「它們在哪裡呢？」

「別擔心。」貓頭鷹媽媽回答。
「它們躲在**泡泡山**的小山丘裡面。它們很難被找到，但是你如果能夠找出所有的玩具，就可以獲得棉花糖當獎勵哦！」

「來吧！跳進來。」貓頭鷹媽媽說，一邊伸手拿洗髮精。

「可是，可是……肥皂可能會跑進我的**眼睛**裡。」小貓頭鷹說。
「我真的不喜歡那樣。」

「哦ご！小ᐧᣁ貓ᶆ頭ᶏ鷹ᶌ，」貓ᶆ頭ᶏ鷹ᶌ媽ᶌ媽ᶌ說ᶌ。
「不ᶌ會ᶌ的ᶓ。你ᶌ看ᶄ……」

「看看這群**毛巾鱷魚**。」貓頭鷹媽媽說。
「這群怪獸最喜歡在肥皂泡泡跑到你的眼睛裡之前，就咕嚕咕嚕地吸走它們了。」

這ㄓㄜˋ群ㄑㄩㄣˊ**毛ㄇㄠˊ巾ㄐㄧㄣ鱷ㄜˋ魚ㄩˊ**有ㄧㄡˇ的ㄉㄜ˙好ㄏㄠˇ大ㄉㄚˋ隻ㄓ、好ㄏㄠˇ粗ㄘㄨ野ㄧㄝˇ；
有ㄧㄡˇ的ㄉㄜ˙好ㄏㄠˇ小ㄒㄧㄠˇ隻ㄓ、好ㄏㄠˇ多ㄉㄨㄛ毛ㄇㄠˊ，
但ㄉㄢˋ是ㄕˋ它ㄊㄚ們ㄇㄣ˙都ㄉㄡ非ㄈㄟ常ㄔㄤˊ**口ㄎㄡˇ渴ㄎㄜˇ**。

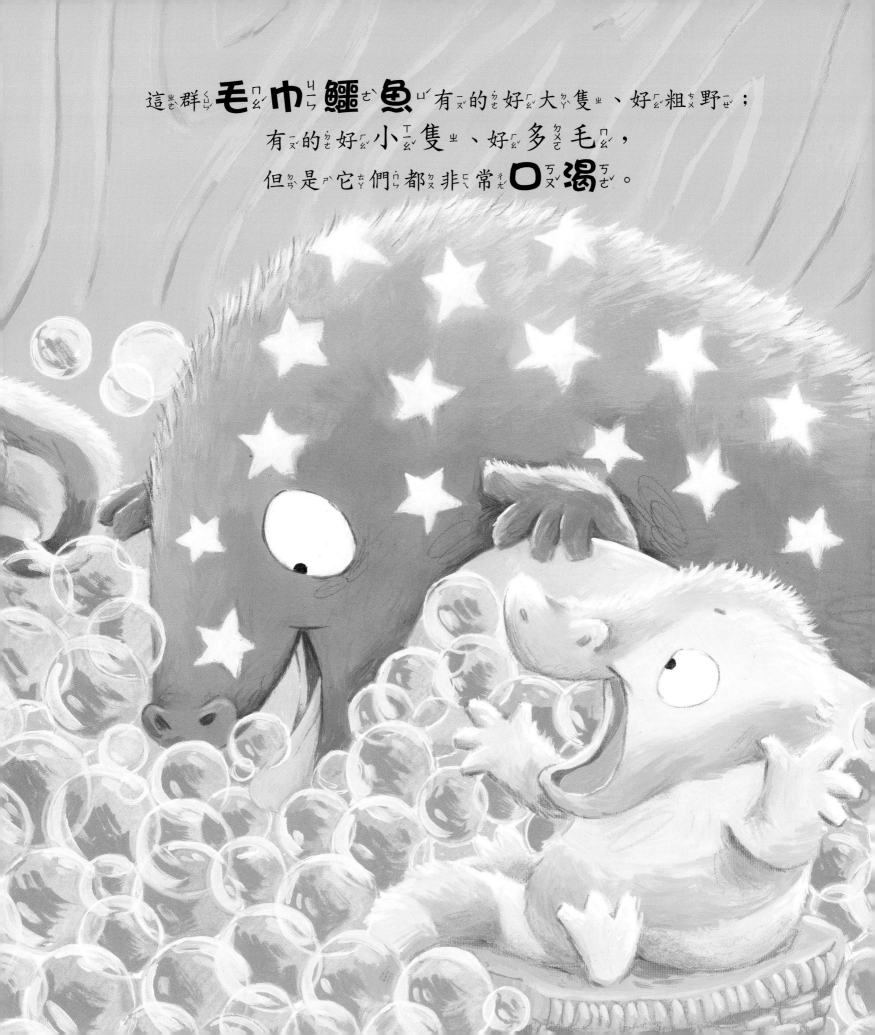

「快一點！小貓頭鷹。」貓頭鷹媽媽嘆著氣說。
「你的洗澡水快冷掉了。」

「不要！」小貓頭鷹說。

「洗澡太無聊了。
我要回到外面去。

我要玩國王城堡
的遊戲。

我ㄨㄛˇ要ㄧㄠˋ做ㄗㄨㄛˋ完ㄨㄢˊ
我ㄨㄛˇ的ㄉㄜ 登ㄉㄥ 月ㄩㄝˋ 火ㄏㄨㄛˇ 箭ㄐㄧㄢˋ。

我ㄨㄛˇ要ㄧㄠˋ穿ㄔㄨㄢ我ㄨㄛˇ的ㄉㄜ
恐ㄎㄨㄥˇ 龍ㄌㄨㄥˊ 裝ㄓㄨㄤ。

我ㄨㄛˇ要ㄧㄠˋ……」

「你說的對，洗澡是有點無聊。」
貓頭鷹媽媽說。
「這樣吧！你去做那些好玩的事，我留在這裡幫這隻**超大隱形企鵝**洗澡。」

「一隻超大隱形企鵝？我來了！」
小貓頭鷹大喊著，然後就跳進水中濺起巨大

的水花！

小ㄒㄧㄠˇ貓ㄇㄠ頭ㄊㄡˊ鷹ㄧㄥ在ㄗㄞˋ**泡ㄆㄠˋ泡ㄆㄠˋ山ㄕㄢ**充ㄔㄨㄥ滿ㄇㄢˇ泡ㄆㄠˋ泡ㄆㄠˋ的ㄉㄜ˙小ㄒㄧㄠˇ
山ㄕㄢ丘ㄑㄧㄡ裡ㄌㄧˇ打ㄉㄚˇ滾ㄍㄨㄣˇ，並ㄅㄧㄥˋ且ㄑㄧㄝˇ找ㄓㄠˇ到ㄉㄠˋ所ㄙㄨㄛˇ有ㄧㄡˇ躲ㄉㄨㄛˇ起ㄑㄧˇ來ㄌㄞˊ的ㄉㄜ˙
玩ㄨㄢˊ具ㄐㄩˋ，還ㄏㄞˊ跟ㄍㄣ**超ㄔㄠ大ㄉㄚˋ隱ㄧㄣˇ形ㄒㄧㄥˊ企ㄑㄧˋ鵝ㄜˊ**玩ㄨㄢˊ潛ㄑㄧㄢˊ
水ㄕㄨㄟˇ捉ㄓㄨㄛ迷ㄇㄧˊ藏ㄘㄤˊ遊ㄧㄡˊ戲ㄒㄧˋ。

「哦！小貓頭鷹。」
貓頭鷹媽媽尖叫著。
「水濺的到處都是。」

「不是我弄的，」小貓頭鷹說。「是**超大隱形企鵝**弄的。」

「是嗎？」貓頭鷹媽媽說。
「喏！這裡弄成一個**大水坑**。太亂了！該出來了，並且要弄乾成一個大的、溫暖的……」

「**不要**！」小貓頭鷹哀嚎著說。
「我現在不想出來！
我要一整晚都待在這裡。」

「**真的嗎**？」貓頭鷹媽媽說。
「你的意思是：你跟赫奇斯在睡覺前不
想要熱巧克力跟棉花糖囉？」

小貓頭鷹尖叫，「**赫奇斯**！
赫奇斯老是睡在我的床上。」

可是今晚赫奇斯在外面，
只有帕佛保護他的安全。
如果帕佛睡著了呢？……
可憐的赫奇斯。

小貓頭鷹匆忙跳出浴缸，抓了他最愛的
毛巾就跑下樓、衝出門外，穿過了花園。
「我來了！」小貓頭鷹呼喊著。「小
貓頭鷹去救援了！」

帕佛和赫奇斯正躲在
一堆濕葉子裡。

「我在這裡。」
小貓頭鷹說。
「該回家了。」

「正好趕上喝熱巧克力。」貓頭鷹媽媽說。
「那棉花糖呢？」小貓頭鷹問。
「這是特別給你們的，赫奇斯還有帕佛。」
貓頭鷹媽媽說。

「我喜歡待在裡面。」
小貓頭鷹舒服地靠在貓頭鷹媽媽身邊說。
「連城堡的國王也喜歡在晚上進來。」
「和他的龍一起來，」貓頭鷹媽媽說。「還有他最
乾淨的貓頭鷹護衛。來吧！你們三個該睡覺囉！」

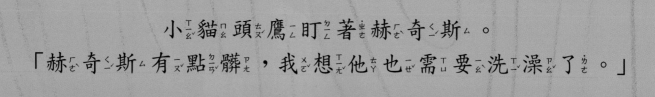

小貓頭鷹盯著赫奇斯。
「赫奇斯有點髒，我想他也需要洗澡了。」

「你可以明天再幫他洗澡。」
貓頭鷹媽媽幫小貓頭鷹蓋好被子說。
「現在是城堡的國王、他們的龍群，
還有貓頭鷹護衛睡覺的時間哦！
晚安，晚安！祝你有個甜蜜的美夢。」

「晚安，晚安！媽咪。
晚安，晚安，赫奇斯，
還有帕佛。」
小貓頭鷹打著哈欠說著。
「晚安！毛巾鱷魚，
還有超大隱形企鵝
……」

可是小貓頭鷹沒有繼續
說下去，因為小貓頭鷹
很快就睡著了。